星座の骨

浅見恵子

思潮社

星座の骨

浅見恵子

思潮社

星座の骨

浅見恵子

目次

装画＝著者

星座の骨

狂々《くるくる》

花という花から毛が生えて
土という土から溢れている
流れるそれは
すでに香りではない

肉の内側から肉がにじみ
虫によって運ばれる

花粉の油
泥水の腐り
ミミズの吐息
芋虫の排泄
土壌から湧きだし
皮膚から入りこむ
ぬめったニオイに包まれ
雉や雲雀が
耕された畑の土手で
浮かされていることにも
気づかないまま

ひとり転がった地面の
花という花から毛が生える
土という土から春が溢れている

わたしの許しなく

杏子狂騒

大風が吹いて
庭の杏子が満開だ
月は満ちていないのに
開ききった花びらの真ん中で
AとBが交わっている

泥団子の上で

踊り狂うのを
やめられなくて
猫や猫
鶏《とり》や鶏が
積み重なり
取っ組み合い
庭の端まで転がり
起き上がると
粘る花粉にまみれた

満開の杏子の
花びらの一枚が

茶色く傷んでいるので
指先でつまんで
毟り取る
見ればまた目の前に
満開の杏子
また杏子
杏子杏子猫杏子鶏杏子杏子杏子
杏　子　の　花　び　ら
杏子の花びら

月が満ち
散りはじめた花びらの真ん中に

Ｃが出来つつある
泥団子は転がり
踊り狂っていた私たちも
ふと正気に
な
る
そして

春わく

花が開いて花粉がわけば
めしべが開いて蜜もわく
わく　わく　わくわく
湿る息に鳥が啼けば
虫がわいて土が動くと

草が生えて風が立ち
獣が踊れば蜜は流れ
粘る指先で
なぞるところ一面に
春がわく

泥まみれ

外からの殺意に
内からわく地面を
素手で掘りかえす

割れ目

割れ目から
毛深い青がのびている
のびている
風にしなって
手まねいている

細くのびた枝先のしこりから

花びらの白が飛び散り
こぼれる脂っぽい花粉

蜜の臭いが土に垂れている

腹の大きな雌猫が
低くこちらを視ている

南風が吹いている

けものみち

私は血
骨をだく肉
ざらつく舌で
体中を舐めまわす獣
芽吹く地面に立てば
熱をおびた土
ライラックの幹に

毛をこすりつけ
爪あとを残す
からみつく臭い
走りぬければ草は割れ
道がのびる草はらを
むせびながら
ひた走る
首は上下にゆれ
摑むもの
嚙み砕くもの
飲み下すもの
すべて私の肉

開く春

土をまさぐる獣の
あたたかい手の肉が
種を掘りおこして
肥やしとまぜる
爪に掻かれてちぎれる根
くちばしからこぼれる虫

なぜ世界はわたしの許しなく存在しているのか
——浅見恵子詩集『星座の骨』という劇を読む

三浦雅士

浅見恵子詩集『星座の骨』について書く。

冒頭の詩「狂々《くるくる》」はどこか萩原朔太郎を思わせる生々しさだが、一行空きの後にしるされた最後の一行「わたしの許しなく」が違っている。朔太郎にも「わたしの許しなく」という思いはあったかもしれないが、少なくともそう書きはしなかった。

なぜ世界は「わたしの許しなく」存在しているのか、というのが、詩集『星座の骨』のほぼ前半を貫いている感情である。問いではなく感情であるというのは、たとえば入沢康夫が「詩は怒りである」と定義するときの、その怒りの感情に等しいからだ。疑問形がここでは強い叱責を表わしているのである。


だが、誰に対する叱責? もちろん神に対する叱責である。だが、作者は宗教者ではない。少なくともこの詩集に収録された詩からは、宗教者であるようには絶対に見えない。にもかかわらず神に対する叱責であるというのは、それが、不在の神、神の不在に対する叱責でもありえるからである。要は、怒っているということ、なのだ。

むろん、傲慢である。だが、若年から傲慢を抜き去ればいったい何が残るというのか、という思いが、作者には、おそらくある。ある座談会で中原中也が、「気がついたらいたんですからね」と相手に突っかかっているのと同じ傲慢さである。わたしはなぜわたしの許しなく「気がついたらいいた」というかたちで存在しているのか、きみはそのことに怒りを覚えないのか、それこそ詩へと向かわせる根本的な理由ではないか、という含みだ。

続く「杏子狂騒」も「春わく」も「割れ目」も「けものみち」も「開く春」も「青光る」も、「わたしの許しなく」存在している世界の猥雑さを、できるならば朔太郎を上回る生々しさで描き出そうとする試みである。

「花が開いて花粉がわけば／めしべが開いて蜜もわく」（「春わく」）「開ききった花びらの真ん中で／AとBが交わっている」（「杏子狂騒」）などというのは、猥雑というより、ほとんど猥褻である。こんなに猥褻でいいのだろうかと意図的に思わせるようにしていることは、「割れ目から／毛深い青がのびている／のびている／風にしなって／手まねいている」（「割れ目」）といった詩行からも明らかである。まさに煽情的な挑発だ。

だが、朔太郎はその猥雑さ、猥褻さにまみれてみせたわけだが、この作者にはできない。なぜなら「わたしの許しなく」という感情のほうが圧倒的に強いからである。「青光る」の三連最後の四行、「青の印しは／靴底で蹴り／こすりつけ／地団駄」というのが、それだ。作者は猥雑かつ猥褻な世界に身をゆだねるのではない、逆に蹴りつけて地団駄を踏みたいのだ、「わたしの許しなく」存在している世界を、それこそ最終連の二行「荒らすほどに／厚みを増して」。これが作者と世界の基本的な関係だ。

だが、むろんその後に怖れが訪れる。神を叱責した自身の傲慢に気づき、宮沢賢治ではないが、はげしく寒くふるえることになるのだ。「年寄りの操る草刈機／左右にゆれ／はじける留め金／刃はわたしの首にとぶ」（「風景」）ことになる。偶然ではない。刃をわたしに飛ばしたのはわたし自身なのだ。「ヘチマの首を吊ったのは、私」（「ヘチマ」）なのだから。

「ヘチマ」は引用に値する詩だ。

窓から見える隣の畑でヘチマの首吊りをみ
つけた。ながめてそのまま再び本のページをめくる。無責任はお互いさま。ラジオをつければ、知らないヘチマが首を吊られていた。ヘチマがどこで首を吊ったのか、報せがなくても私はそれを知っている。ヘチマの首を吊ったのは、私。

　私も首を吊る理由を持っていて、既に吊っている。だからいつラジオからそれを伝えられてもおかしくないのだけれど、その順番がまだめぐってこない。

　私は一日に何度も首を吊る。目覚めて吊り、食事をして吊り、歩いても、話しても、何をしても、しなくても、吊る。そうして夜、私はヘチマと首を吊る。


「ヘチマ」がすぐれているのは、形容矛盾のようだが、他にあまり例を見ない哀切なユーモアが漂っているからだ。とにかく可笑しい。事典でもネットでもいい。ヘチマの写真を眺めながら読むことを勧める。確かにヘチマはそれ自体が首吊りを思わせる。


　それにしてもこの詩で詩集後半の音調が変わるのは驚くばかりだ。ほとんど短調から長調への移行である。まるで、世界が「わたしの許しなく」存在していることに怒り狂った傲慢を悔いるように、「私は一日に何度も首を吊る」ことにしたようにさえ思える。この贖罪の意識が詩集後半を一挙に透明にしてゆく。猥雑が払拭されてゆく。

　続く「きみの背骨」も「ねむねむ」もいわば素直だ。まるでヘチマの首吊りで世界と和解したかのように見える。「きみの背骨」もいいが、「ねむねむ」に描かれた死もいい。生命とは死を与え合う営みなのだ。前半の怒り狂った死、自殺とは違っている。オクタビオ・パスに、青い目を欲しがる恋人のために、白人を殺して目を奪うメスティソを描いた散文詩があったが、それを思い起こさせる。

「殻」も「羽化」も、また「ゆうれい兄弟のおばけお兄ちゃん」も「セスナ」も「善知鳥《うとう》」も基本的に透明だ。じつは詩集前半にも潜在していた透明性が、猥雑が潮のように引いたために表面に迫り出してきているのだ。
　詩集掉尾を飾る「日蝕」は、この変容した音調の最終形であると同時に、冒頭の「狂々《くるくる》」とも対応して宇宙的な広がりを感じさせる傑作である。むろん、それが「祈り」と「手紙」で閉じられるのは偶然ではない。最後を引く。

　わたしは、その兎を抱いてしゃがんだ。わたしは祈った。兎はまだ何かを告げようとしている。薄暗い世界を動物たちが嵐のように過ぎてゆく。私は、手紙の送り主を想っている。

　ランボオの『イリュミナシオン』冒頭の一篇「大洪水のあと」の書き出しを思い出すのは私だけではないだろう。粟津則雄訳で引く。

　大洪水の眺めがおさまると直ぐ、
　野兎が一匹、岩おうぎと揺れ動く釣鐘草のなかに立ちどまり、蜘蛛の巣ごしに虹に祈りを捧げた。

「兎」と「祈り」が重なるだけではない。大洪水と日蝕という天変地異が重なり、「日が食べられていく中を、象《ぞう》、鹿《しか》、驢馬《ろば》、猿《さる》、栗鼠《りす》、鸚哥《いんこ》、または見たこともない数々の動物が、東から西へ庭を横切り、我先に逃げてゆく」そのさまが「大洪水の眺め」に重なるのである。大洪水と日蝕があってこそ、『星座の骨』という詩集表題もまたありえたと言っていい。
　これは作者が意図したことではおそらくない。だいたいこの「日蝕」という詩は、書いた詩ではなく、書かされた詩である。何かが「わたしの許しなく」わたしに書かせたのだ。
　だからこそ「私は、手紙の送り主を想っている」のである。指摘するまでもなく、「手紙」とはすなわちこの詩「日蝕」にほかならない。叱責した傲慢が、逆に、豊かな贈り物によって報われたのである。それが、たぶん詩の世界というものなのだ。
　この豊かな詩の領域がさらに拡大することを願わずにいられない。

つんだ花の
つけねに唇をよせ
食むように蜜をすう

羽虫ごと茎を千切れば
したたる滴が爪に染み
烈しく
烈しく臭う
青の印しは
靴底で蹴り
こすりつけ
地団駄

荒らすほどに
厚みを増して

風景

用水路の流れは速く
山でふる雨が
風にのって落ちてくる
湿った風に急かされた
年寄りの操る草刈機
左右にゆれ
はじける留め金

刃はわたしの首にとぶ
鈍色の低い雲から聞こえる
わたしを呼ぶ雷鳴
両耳をてのひらで覆い
圧されてうずくまる
稲の濃い青が波打ち
空は足早に流れゆく

黒の痕

髪はのび
重さで軋む体
肩で波打ち
背に流れる黒
営みに
もつれ
こごり

鋏を入れれば
放たれる熱
襟元をさまよう指に
毛先は逃げ
夏のおわりの風は
乾いた毛束を散らして
逃げ

ヘチマ

窓から見える隣の畑でヘチマの首吊りをみつけた。ながめてそのまま再び本のページをめくる。無責任はお互いさま。ラジオをつければ、知らないヘチマが首を吊られていた。ヘチマがどこで首を吊ったのか、報せがなくても私はそれを知っている。ヘチマの首を吊ったのは、私。

私も首を吊る理由を持っていて、既に吊っている。だからいつラジオからそれを伝えられてもおかしくないのだけれど、その順番がまだめぐってこない。

私は一日に何度も首を吊る。目覚めて吊り、食事をして吊り、歩いても、話しても、何をしても、しなくても、吊る。そうして夜、私はヘチマと首を吊る。

きみの背骨

きみの頭からのびる真っ白いからだ。その真ん中をとおる背骨を夢みる。うすい背中を覆う、やわらかい皮膚を、内側からかるく押し上げている骨のふくらみ。そのいびつな形を想像し、ゆっくりと触れたくて、叶わずに、時が過ぎてゆく。閉じたまぶたの中で、夜が形を変えてゆく。誰も見たことのない、きみの背骨が欲しい。

ねむねむ

こねこ　みちばたで
トルコいしの　めだま
ふたつもってた
きみとぼく
めだま　ほしくて
こねこ　ころして
こうえん　うめた

きみとぼくのトルコいし
ふたりでわけて
いっこずつ
めのない　こねこ
にゃむ　とないて
つちのなか

きみは　ぼくの
コハクのめだまも
ほしがって
ぼくを　ころして
こうえん　うめた

きみのトパーズの　めだま
ひかってた

きみが　かえったこうえんで
めのない　ぼくら
つちのなか
そろそろ　じかん
ねむ　ねむ
にゃむ　にゃむ
ねむ　にゃむ　にゃむ

わたし、

わたし、
アセロラ味のキャンディ
赤いトレーナー
ちびた鉛筆
黒くなった練りゴム
書きかけのノート
ナイロン毛の櫛

資生堂のリップクリーム
母の鏡台
錦鯉の絵はがき
シャクナゲの切手
手作りの台湾旅行記
木曜にもらった名刺
花のスケッチ
欠けたクーピー
日曜日の聖書
カラーゴムの金魚
床に積んだ少年ジャンプ
窓辺のラジオ

父のらくがき
鉛色の送電線
流れる雲の影
垂れる金色の稲穂
草刈機のガソリンの臭い
透明なグラスの滴
錠剤の白いつぶ
森永キャラメルの空箱
歯形のあるチョコレート

チョコレート

チョコレートを食べれば可愛くなれる
チョコレートを食べれば仕事ができる
チョコレートを食べれば足が速くなる
チョコレートを食べれば宿題が終わる
チョコレートを食べればプールで泳げる
チョコレートを食べれば玉ねぎが好きになる
チョコレートを食べれば歌が歌える

チョコレートを食べれば絵が上手くなる
チョコレートを食べれば自転車に乗れる
チョコレートを食べればお腹がいっぱい
チョコレートを食べれば病気が治る
チョコレートを食べれば詩が書ける
チョコレートを食べればみんなと仲良し
チョコレートを食べれば
チョコレートを食べれば
チョコレートを
チョコレートが
チョコレート
チョコレート

夕立

　ととと　とと　と
　　　　お
　　　　　ち
　　とと　　とるとと
かさ　とと　　　と　　と　と
　はっぱ　とと　　　と
　　はな　と　　ととと　と

夕立のおしまい

ぱ
　と
とと　とと　と
　　　　とととと
　　　ぱ　ぱぱ
　　ぱ　ぱ　ぱぱぱ　ぱ
げげげ
　　ととと　ととと

ぽ

殻

あまりに小さくて、産みつけられても気づかなかった。心臓の近くにそれはあって、そこはとても温かいから、すぐに幼虫が生まれた。幼虫は生まれるとすぐ、自分の入っていた殻を食べはじめ、無くなると、私の心臓を食べはじめる。いつもふるえている心臓。振り落とされないように、しがみついて。はじめは心壁。だんだんと中へ。肉を食べ、血を飲んで、幼虫は見る間に育ってゆく。心臓だけでは足りないから、肝臓も、腎臓も、胃も、腸も、子宮も、卵巣も、内臓を全部食べられて、私の体は空っぽ。その中で幼虫は糸を吐き、蛹になって、蝶へと変わる。けれど、蝶の口では肉をかじることができないから、体を破って外に出ることができず、空洞になった体の中を、蝶は、死ぬまで飛びつづける。独りきりなので、子を残すこともできない。私の体の中には、蝶の死骸が、ひとつある。

羽化

小学校の正門をひとりでくぐると、校舎までつづく桜並木。その側の植え込みに、羽化したばかりの蟬を見つけた。白く淡いエメラルドグリーンに光る体。湿った羽は殻に押し込まれていた形のまま、くちゃくちゃに歪んで縮こまっている。私はその羽に、持っている鋏で切り込みを入れたかったけど、怖くなって逃げだした。しかし、あんな目立つところでは他の子に見つかってしまう。せめて安全な場所に蟬を逃がそうと、さっきの場所に戻ったけれど、蟬が見つからない。振り向くと私がいて、あれならここにいるよ、と指さした。そこには体も羽も乾ききった蟬が、鋏でふたつに切られていた。動くものがあって、おどろいて足元を見ると、大慌てで幼虫の殻を脱ぎ捨てた蝶が、逃げるように地面を走ってゆく。だれもかれも蛹になって寝ている時間なんてないのだ。

校庭は静かで、私は教室に入ることなくク

ラスメイトの声を聞きながら、校舎の壁にもたれて、蝉を切った時のことを思い出している。

ゆうれい兄弟のおばけお兄ちゃん

病院が引っ越すことになった。患者の居なくなった病室のベッドを男たちが運び出していく。マットレスを外されたスチイル製の骨組みが人間が寝ていた形にやわらかく曲がっていた。患者同士の仕切りに使われていた長い白のカアテンが開け放たれた窓からの風に大きくたなびき三段重ねの曲がった骨組みを隠す。白い森だ。怖くなつて逃げようとするもここが居場所なのだから出られるはずもない。諦めてまた男たちを手伝い飴のように歪んだスチイルを運ぶ。

ロビイまで運んでくるとそこは新しい病院だつた。顔が曇り硝子のようにかすんだ患者たちがいる。ワンピイスの患者着を着て足が見えない。みな齢をとつているが女だつた。ごつたがえすロビイを出て行こうとすると左の二の腕をとられた。振り返ると男。わたしは女だつた。わたしは男を残して正面入口から外に出た。そこは砂漠だつた。砂の色はピンクがかつた薄いラヴエンダア。見渡す限り一面砂漠の真ん中にポツンと病院があつた。雲雀の啼く黄色い声がして見ると男と男と女が追いかけつこをしながら手のひらを触りあう遊びをしていた。ラヴエンダアの砂を蹴散らし白衣がひるがえつていた。

声をかけられたので振り向くと砂丘の窪みにアンテイイクの一人掛けソフアが並んで二脚あつた。左のソフアには知らない男が座つていた。身体の線は細く背は高い。短く切り揃えた黒髪。前髪だけが長く顔がよく見えない。黒のシヤツの上に白衣を羽織つて右足を上に組んで座っていた。空いている右のソファに座り男の横顔をのぞく。肌は砂漠に似合わないほど透けて。目は剃刀で切り開いたよう。口もとを緩め手元の本のペエジをめくつていた。手のひらにおさまる小さな四角い紙の束に黒いインクで文字と挿し絵が描いてあつた。男が手垢のついたペエジを開く。黒髪に蒼白い肌の幼い男の子の顔がふたつ。その上に書いてある題字をゆつくり指でなぞりながら「ゆうれい兄弟」と声に出してわたしに教えるように読み上げた。その声のねつとりとした滑らかさ。なぞる指の細く長く白く光ること。そうして左の男の子の顔を人差し指の爪の先で縫いとめるように指し「おばけお兄ちゃん」と呼んでこちらを向きわたしの目玉の奥をのぞいて口の両端を器用に引き上げた。

セスナ

小さなセスナ機。丸みのある白いボディ。黄色と青のラインが光る。きみの運転で、わたしを乗せて飛ぶ。畑に降りる。土から生える葉を引くと、白いビーツが採れた。あとは一面真っ赤なビーツだった。畑の真ん中で、きみが出発の合図をする。採れたビーツを積み込んで空に飛び立つ。きみの運転で、わたしを乗せて飛ぶ。街へ降りる。きみは急いでいた。

街は人であふれ、目移りしていたわたしは、約束の時間に戻れなかった。きみは一人で飛んで行った。公衆電話から泣きながら電話をかけたが、きみは出なかった。

善知鳥《うとう》

花火の燃えかすが散らばる海岸

紺色の浴衣と白い足首で
浜に立つきみは
背をむけて
ひとり
日の出を待つ水平線をみつめている
私は言葉を持っているのに

伝えることを知らなかった
きみを恋い慕い疲れた耳裏に
ささやく声がきこえる
「うとう」と呼ぶので
こわごわ唇と舌を動かし
「やすかた」と鳴き返した

きみの声ではないと
知りながら

＊「善知鳥」＝能の演目から

薔薇幻想

Ⅰ

あさやけいろのはなびら
いたずらにふれるな
さとされて　ふくらむ
きみのほほ

あかいとげのさき
いたずらにふれるな
きずつけば　ほつれる
こいごころ

Ⅱ

しののめに
やわらかくふくらむ
きみのつぼみ
ぼくをこわがらないで
やさしくなでてあげよう
にびいろのさみしきとげ

かくすきみ
あさつゆのかがやきに
なみだかくすきみ

Ⅲ

ばら　ばら　白ばら
ばら　ばら　黄ばら
ばら　ばら　紅ばら
ばら　ばら　ばら　ばら
ばらのすがたは　かずあれど
ぼくのほしい　いろはなし
ぼくのほしい　ばらはなし

ばら　ばら　ばら　ばら

Ⅳ

ばら
そのかおりは　かなしくて
ばら
そのかおりに　くるしくて
きみ
そのばらをどうか
ぼくにください

ばらえん

きみ　ゆれる
ばらえん
きみ　きえた
ぼく　ひとり
ばら　ちった　ばらえんに
ばらばらばらばら
ぼく　ひとり

V

ちょうちょ
こねこ
ことり

ぴすとる
野ばら
はなびらをいちまい

日蝕

　ポストに入っていた手紙を開くと、あたりが暗くなり目が見えなくなった。首を振り、闇を払う。開け放したままの玄関の外では、日が食べられていく中を、象《ぞう》、鹿《しか》、驢馬《ろば》、猿《さる》、栗鼠《りす》、鸚哥《いんこ》、または見たこともない数々の動物が、東から西へ庭を横切り、我先に逃げてゆく。耳の短い白い毛の兎《うさぎ》が一匹、地を刻むように玄関から中へ入ってきて、告げるように口元を動かしたが、食んでいるようにしか見えなかった。わたしは、その兎を抱いてしゃがんだ。わたしは祈った。兎はまだ何かを告げようとしている。薄暗い世界を動物たちが嵐のように過ぎてゆく。私は、手紙の送り主を想っている。

浅見恵子（あさみ・けいこ）
一九八四年生まれ
群馬県高崎市出身
詩集『脱け殻を抱く』（二〇一二）

星座《せいざ》の骨《ほね》

著者　浅見恵子《あさみけいこ》
発行者　小田久郎
発行所　株式会社思潮社
〒一六二－〇八四二　東京都新宿区市谷砂土原町三－十五
電話〇三－三二六七－八一五三〈営業〉・八一四一〈編集〉
FAX〇三－三二六七－八一四二
印刷所　三報社印刷株式会社
発行日　二〇一八年九月三十日